Kiss it Bye Bye Baby

Ela

Fictitiously created.

the longest story ever told

01. Intragalaxy First

02. Intragalaxy Final

03. The Sparkling Seashore

04. ACE

05. GEM

06. ZGUYS

07. Mutt Wars

08. Mutt Wars II

09. Pretty One

10. Pretty Two

11. Pretty Three

12. Touch Me

13. Sunn Burnn

14. … go to Hell

15. Tom

16. Stu

17. Frank

18. Austin

19. Sisters

20. Brothers

21. Baby

22. Pick Me

23. Curfew

24. Gods & Tales

25. Kiss it Bye-Bye, Again!!!

26. All & Truths

27. Tale

28. Tail

29. Tell

30. Tael

31. The Soaring Seahorse

32. Sea Peoples

33. Aliens & Tells

34. Vein

35. Angels & Tails

36. All & All

37. Trolls & Taels

38. Pow-wow with Almighty God...

39. Love Them All

40. Feral Love

41. Arkie

42. Arkie. Barkie.

43. Barkie. Barkie.

44. Uncovered Atlantis

45. The Prez

46. President Trump

47. P.K.

48. Triplet

49. Trip Bet

50. Trip Jet

51. Trip Zet

52. Kiss It, Bye-bye, Baby!!!

53. The Code of God

54. MIA

55 A Tiny Invitation

56. The Hand of God

57. The Mission of God

58. Face Time

59. Hubby Hole

60. Wubby Hole

61. Trigg

62. Music without Sound

63. A Glass Shelf

64. Sniff, the Sweet Honeysuckles

65. Smell, the Sour Deaths

66. Unknown Me

67. Unknown Space

68. Unknown Time

69. Unknown Place

70. Visitards

71. Fire Star

72. Five Stars

73. Four Stars

74. E=mc*q

75. Lost Star

Other Novels

Royal Series

Prince Wars

Princess Wars

King Wars

Queen Wars

Aim High

Aim Higher

Aim Highest

Eat My first bullet

Author Notes:

I

have

created

a

personal

and

private

Book

System

for

each

one

of

my

novels

for

the

and

clever

curious

reader.

Rated G for good stuff.

Rated PG for pretty good stuff.

Rated M for mild stuff.

Rated S for really great stuff.

Rated C for cute stuff.

The

storyline

for

this

novel

is

for

really

great

stuff

with

some

relationships

witty

humor

catfights

teenly

dogfights

with

no

she-ghosts

and

appearances.

Thanks for entering my imagination!

Chapter One

The Pact of Stripes and Mane

In the heart of the Emberleaf Jungle, where the air shimmered with heat and the ground trembled with the footsteps of predators, two rulers eyed each other across a sunlit clearing. Rajan, the lion, was a golden blaze of muscle and pride. His mane caught the light like a crown of fire. Tahlia, the tigress, moved with the silent grace of a shadow, her amber eyes sharp as moonlit blades. For generations, lions and tigers had kept to their own territories, bound by an unspoken truce of distance. But the jungle was changing.

A creeping sickness had begun to wither the great trees, drying the rivers and driving prey away. Rajan's pride grew thin and restless; Tahlia's kin prowled further each night, desperate for food. Both knew that if they clung to old rivalries, the jungle would swallow them in silence.

They met at the Stone of Echoes, a place where the jungle's oldest stories were said to sleep in the rock. Rajan's voice was deep, steady. "We cannot hunt each other and hope to survive. The sickness will take us all."

Tahlia's tail flicked, her gaze unreadable. "And you would have me trust a lion?"

"I would have you trust survival," he replied.

For a long moment, the only sound was the wind threading through the leaves. Then Tahlia stepped forward, her paw resting on the stone. "A pact, then. Stripes and mane, together."

They began to hunt in tandem—lions driving prey toward the silent ambush of tigers, tigers guarding the waterholes while lions scouted for danger. At first, their kin watched with suspicion, but hunger softened pride, and soon the jungle saw something it had never known: lions and tigers moving as one.

Months passed, and the sickness began to fade. The rivers swelled again, the trees unfurled new leaves, and prey returned in cautious herds. The alliance had not only saved them—it had changed them.

One evening, as the sun bled gold across the canopy, Rajan and Tahlia stood side by side on a ridge, watching their families drink together at the river.

"Do you think they will remember?" Rajan asked.

Tahlia's eyes glimmered. "They will. And if they forget, the jungle will remind them."

In the Emberleaf Jungle, the Stone of Echoes now held a new story—of stripes and mane, of pride and shadow, of two hunters who chose unity over hunger. And the jungle, for the first time in memory, slept in peace.

Undo
Redo
Copy
Export
Rewrite
Modify length

Kiss it Bye Bye Baby

Kiss it Bye Bye Baby
Kiss it Bye Bye Baby
Kiss it Bye Bye Baby
Kiss it Bye Bye Baby
Kiss it Bye Bye Baby
Kiss it Bye Bye Baby
Kiss it Bye Bye Baby
Kiss it Bye Bye Baby
Kiss it Bye Bye Baby
Kiss it Bye Bye Baby
Kiss it Bye Bye Baby
Kiss it Bye Bye Baby
Kiss it Bye Bye Baby
Kiss it Bye Bye Baby
Kiss it Bye Bye Baby
Kiss it Bye Bye Baby
Kiss it Bye Bye Baby
Kiss it Bye Bye Baby
Kiss it Bye Bye Baby
Kiss it Bye Bye Baby
Kiss it Bye Bye Baby
Kiss it Bye Bye Baby
Kiss it Bye Bye Baby
Kiss it Bye Bye Baby
Kiss it Bye Bye Baby
Kiss it Bye Bye Baby
Kiss it Bye Bye Baby
Kiss it Bye Bye Baby
Kiss it Bye Bye Baby
Kiss it Bye Bye Baby
Kiss it Bye Bye Baby
Kiss it Bye Bye Baby
Kiss it Bye Bye Baby
Kiss it Bye Bye Baby
Kiss it Bye Bye Baby
Kiss it Bye Bye Baby
Kiss it Bye Bye Baby
Kiss it Bye Bye Baby

Kiss it Bye Bye Baby
Kiss it Bye Bye Baby
Kiss it Bye Bye Baby
Kiss it Bye Bye Baby
Kiss it Bye Bye Baby
Kiss it Bye Bye Baby
Kiss it Bye Bye Baby
Kiss it Bye Bye Baby
Kiss it Bye Bye Baby
Kiss it Bye Bye Baby
Kiss it Bye Bye Baby
Kiss it Bye Bye Baby
Kiss it Bye Bye Baby
Kiss it Bye Bye Baby
Kiss it Bye Bye Baby
Kiss it Bye Bye Baby
Kiss it Bye Bye Baby
Kiss it Bye Bye Baby
Kiss it Bye Bye Baby
Kiss it Bye Bye Baby
Kiss it Bye Bye Baby
Kiss it Bye Bye Baby
Kiss it Bye Bye Baby
Kiss it Bye Bye Baby
Kiss it Bye Bye Baby
Kiss it Bye Bye Baby
Kiss it Bye Bye Baby
Kiss it Bye Bye Baby
Kiss it Bye Bye Baby
Kiss it Bye Bye Baby
Kiss it Bye Bye Baby
Kiss it Bye Bye Baby
Kiss it Bye Bye Baby

Kiss it Bye Bye Baby

Kiss it Bye Bye Baby
Kiss it Bye Bye Baby
Kiss it Bye Bye Baby
Kiss it Bye Bye Baby
Kiss it Bye Bye Baby
Kiss it Bye Bye Baby
Kiss it Bye Bye Baby
Kiss it Bye Bye Baby
Kiss it Bye Bye Baby
Kiss it Bye Bye Baby
Kiss it Bye Bye Baby
Kiss it Bye Bye Baby
Kiss it Bye Bye Baby
Kiss it Bye Bye Baby
Kiss it Bye Bye Baby
Kiss it Bye Bye Baby
Kiss it Bye Bye Baby
Kiss it Bye Bye Baby
Kiss it Bye Bye Baby
Kiss it Bye Bye Baby
Kiss it Bye Bye Baby
Kiss it Bye Bye Baby
Kiss it Bye Bye Baby
Kiss it Bye Bye Baby
Kiss it Bye Bye Baby
Kiss it Bye Bye Baby
Kiss it Bye Bye Baby
Kiss it Bye Bye Baby
Kiss it Bye Bye Baby
Kiss it Bye Bye Baby
Kiss it Bye Bye Baby
Kiss it Bye Bye Baby
Kiss it Bye Bye Baby
Kiss it Bye Bye Baby

Kiss it Bye Bye Baby
Kiss it Bye Bye Baby
Kiss it Bye Bye Baby

Kiss it Bye Bye Baby
Kiss it Bye Bye Baby
Kiss it Bye Bye Baby
Kiss it Bye Bye Baby
Kiss it Bye Bye Baby
Kiss it Bye Bye Baby
Kiss it Bye Bye Baby
Kiss it Bye Bye Baby
Kiss it Bye Bye Baby
Kiss it Bye Bye Baby
Kiss it Bye Bye Baby
Kiss it Bye Bye Baby
Kiss it Bye Bye Baby
Kiss it Bye Bye Baby
Kiss it Bye Bye Baby
Kiss it Bye Bye Baby
Kiss it Bye Bye Baby
Kiss it Bye Bye Baby
Kiss it Bye Bye Baby
Kiss it Bye Bye Baby
Kiss it Bye Bye Baby
Kiss it Bye Bye Baby
Kiss it Bye Bye Baby
Kiss it Bye Bye Baby
Kiss it Bye Bye Baby
Kiss it Bye Bye Baby
Kiss it Bye Bye Baby
Kiss it Bye Bye Baby
Kiss it Bye Bye Baby
Kiss it Bye Bye Baby
Kiss it Bye Bye Baby
Kiss it Bye Bye Baby
Kiss it Bye Bye Baby
Kiss it Bye Bye Baby
Kiss it Bye Bye Baby
Kiss it Bye Bye Baby
Kiss it Bye Bye Baby
Kiss it Bye Bye Baby

Kiss it Bye Bye Baby
Kiss it Bye Bye Baby
Kiss it Bye Bye Baby
Kiss it Bye Bye Baby
Kiss it Bye Bye Baby

Kiss it Bye Bye Baby
Kiss it Bye Bye Baby
Kiss it Bye Bye Baby
Kiss it Bye Bye Baby
Kiss it Bye Bye Baby
Kiss it Bye Bye Baby
Kiss it Bye Bye Baby
Kiss it Bye Bye Baby
Kiss it Bye Bye Baby
Kiss it Bye Bye Baby
Kiss it Bye Bye Baby
Kiss it Bye Bye Baby
Kiss it Bye Bye Baby
Kiss it Bye Bye Baby
Kiss it Bye Bye Baby
Kiss it Bye Bye Baby
Kiss it Bye Bye Baby
Kiss it Bye Bye Baby
Kiss it Bye Bye Baby
Kiss it Bye Bye Baby
Kiss it Bye Bye Baby
Kiss it Bye Bye Baby
Kiss it Bye Bye Baby
Kiss it Bye Bye Baby
Kiss it Bye Bye Baby
Kiss it Bye Bye Baby
Kiss it Bye Bye Baby
Kiss it Bye Bye Baby
Kiss it Bye Bye Baby
Kiss it Bye Bye Baby
Kiss it Bye Bye Baby

Kiss it Bye Bye Baby
Kiss it Bye Bye Baby
Kiss it Bye Bye Baby
Kiss it Bye Bye Baby
Kiss it Bye Bye Baby
Kiss it Bye Bye Baby
Kiss it Bye Bye Baby

Kiss it Bye Bye Baby
Kiss it Bye Bye Baby
Kiss it Bye Bye Baby
Kiss it Bye Bye Baby
Kiss it Bye Bye Baby
Kiss it Bye Bye Baby
Kiss it Bye Bye Baby
Kiss it Bye Bye Baby
Kiss it Bye Bye Baby
Kiss it Bye Bye Baby
Kiss it Bye Bye Baby
Kiss it Bye Bye Baby
Kiss it Bye Bye Baby
Kiss it Bye Bye Baby
Kiss it Bye Bye Baby
Kiss it Bye Bye Baby
Kiss it Bye Bye Baby
Kiss it Bye Bye Baby
Kiss it Bye Bye Baby
Kiss it Bye Bye Baby
Kiss it Bye Bye Baby
Kiss it Bye Bye Baby
Kiss it Bye Bye Baby
Kiss it Bye Bye Baby
Kiss it Bye Bye Baby
Kiss it Bye Bye Baby
Kiss it Bye Bye Baby
Kiss it Bye Bye Baby

Kiss it Bye Bye Baby
Kiss it Bye Bye Baby
Kiss it Bye Bye Baby
Kiss it Bye Bye Baby
Kiss it Bye Bye Baby
Kiss it Bye Bye Baby
Kiss it Bye Bye Baby
Kiss it Bye Bye Baby
Kiss it Bye Bye Baby

Kiss it Bye Bye Baby
Kiss it Bye Bye Baby
Kiss it Bye Bye Baby
Kiss it Bye Bye Baby
Kiss it Bye Bye Baby
Kiss it Bye Bye Baby
Kiss it Bye Bye Baby
Kiss it Bye Bye Baby
Kiss it Bye Bye Baby
Kiss it Bye Bye Baby
Kiss it Bye Bye Baby
Kiss it Bye Bye Baby
Kiss it Bye Bye Baby
Kiss it Bye Bye Baby
Kiss it Bye Bye Baby
Kiss it Bye Bye Baby
Kiss it Bye Bye Baby
Kiss it Bye Bye Baby
Kiss it Bye Bye Baby
Kiss it Bye Bye Baby
Kiss it Bye Bye Baby
Kiss it Bye Bye Baby
Kiss it Bye Bye Baby
Kiss it Bye Bye Baby
Kiss it Bye Bye Baby
Kiss it Bye Bye Baby

Kiss it Bye Bye Baby
Kiss it Bye Bye Baby
Kiss it Bye Bye Baby
Kiss it Bye Bye Baby
Kiss it Bye Bye Baby
Kiss it Bye Bye Baby
Kiss it Bye Bye Baby
Kiss it Bye Bye Baby
Kiss it Bye Bye Baby
Kiss it Bye Bye Baby
Kiss it Bye Bye Baby

Kiss it Bye Bye Baby
Kiss it Bye Bye Baby
Kiss it Bye Bye Baby
Kiss it Bye Bye Baby
Kiss it Bye Bye Baby
Kiss it Bye Bye Baby
Kiss it Bye Bye Baby
Kiss it Bye Bye Baby
Kiss it Bye Bye Baby
Kiss it Bye Bye Baby
Kiss it Bye Bye Baby
Kiss it Bye Bye Baby
Kiss it Bye Bye Baby
Kiss it Bye Bye Baby
Kiss it Bye Bye Baby
Kiss it Bye Bye Baby
Kiss it Bye Bye Baby
Kiss it Bye Bye Baby
Kiss it Bye Bye Baby
Kiss it Bye Bye Baby
Kiss it Bye Bye Baby
Kiss it Bye Bye Baby
Kiss it Bye Bye Baby
Kiss it Bye Bye Baby

Kiss it Bye Bye Baby
Kiss it Bye Bye Baby
Kiss it Bye Bye Baby
Kiss it Bye Bye Baby
Kiss it Bye Bye Baby
Kiss it Bye Bye Baby
Kiss it Bye Bye Baby
Kiss it Bye Bye Baby
Kiss it Bye Bye Baby
Kiss it Bye Bye Baby
Kiss it Bye Bye Baby
Kiss it Bye Bye Baby
Kiss it Bye Bye Baby

Kiss it Bye Bye Baby
Kiss it Bye Bye Baby
Kiss it Bye Bye Baby
Kiss it Bye Bye Baby
Kiss it Bye Bye Baby
Kiss it Bye Bye Baby
Kiss it Bye Bye Baby
Kiss it Bye Bye Baby
Kiss it Bye Bye Baby
Kiss it Bye Bye Baby
Kiss it Bye Bye Baby
Kiss it Bye Bye Baby
Kiss it Bye Bye Baby
Kiss it Bye Bye Baby
Kiss it Bye Bye Baby
Kiss it Bye Bye Baby
Kiss it Bye Bye Baby
Kiss it Bye Bye Baby
Kiss it Bye Bye Baby
Kiss it Bye Bye Baby
Kiss it Bye Bye Baby
Kiss it Bye Bye Baby
Kiss it Bye Bye Baby
Kiss it Bye Bye Baby

Kiss it Bye Bye Baby
Kiss it Bye Bye Baby
Kiss it Bye Bye Baby
Kiss it Bye Bye Baby
Kiss it Bye Bye Baby
Kiss it Bye Bye Baby
Kiss it Bye Bye Baby
Kiss it Bye Bye Baby
Kiss it Bye Bye Baby
Kiss it Bye Bye Baby
Kiss it Bye Bye Baby
Kiss it Bye Bye Baby
Kiss it Bye Bye Baby
Kiss it Bye Bye Baby
Kiss it Bye Bye Baby

Kiss it Bye Bye Baby
Kiss it Bye Bye Baby
Kiss it Bye Bye Baby
Kiss it Bye Bye Baby
Kiss it Bye Bye Baby
Kiss it Bye Bye Baby
Kiss it Bye Bye Baby
Kiss it Bye Bye Baby
Kiss it Bye Bye Baby
Kiss it Bye Bye Baby
Kiss it Bye Bye Baby
Kiss it Bye Bye Baby
Kiss it Bye Bye Baby
Kiss it Bye Bye Baby
Kiss it Bye Bye Baby
Kiss it Bye Bye Baby
Kiss it Bye Bye Baby
Kiss it Bye Bye Baby
Kiss it Bye Bye Baby
Kiss it Bye Bye Baby

Kiss it Bye Bye Baby
Kiss it Bye Bye Baby
Kiss it Bye Bye Baby
Kiss it Bye Bye Baby
Kiss it Bye Bye Baby
Kiss it Bye Bye Baby
Kiss it Bye Bye Baby
Kiss it Bye Bye Baby
Kiss it Bye Bye Baby
Kiss it Bye Bye Baby
Kiss it Bye Bye Baby
Kiss it Bye Bye Baby
Kiss it Bye Bye Baby
Kiss it Bye Bye Baby
Kiss it Bye Bye Baby
Kiss it Bye Bye Baby
Kiss it Bye Bye Baby

Kiss it Bye Bye Baby
Kiss it Bye Bye Baby
Kiss it Bye Bye Baby
Kiss it Bye Bye Baby
Kiss it Bye Bye Baby
Kiss it Bye Bye Baby
Kiss it Bye Bye Baby
Kiss it Bye Bye Baby
Kiss it Bye Bye Baby
Kiss it Bye Bye Baby
Kiss it Bye Bye Baby
Kiss it Bye Bye Baby
Kiss it Bye Bye Baby
Kiss it Bye Bye Baby
Kiss it Bye Bye Baby
Kiss it Bye Bye Baby
Kiss it Bye Bye Baby
Kiss it Bye Bye Baby

Kiss it Bye Bye Baby
Kiss it Bye Bye Baby
Kiss it Bye Bye Baby
Kiss it Bye Bye Baby
Kiss it Bye Bye Baby
Kiss it Bye Bye Baby
Kiss it Bye Bye Baby
Kiss it Bye Bye Baby
Kiss it Bye Bye Baby
Kiss it Bye Bye Baby
Kiss it Bye Bye Baby
Kiss it Bye Bye Baby
Kiss it Bye Bye Baby
Kiss it Bye Bye Baby
Kiss it Bye Bye Baby
Kiss it Bye Bye Baby
Kiss it Bye Bye Baby
Kiss it Bye Bye Baby
Kiss it Bye Bye Baby

Kiss it Bye Bye Baby
Kiss it Bye Bye Baby
Kiss it Bye Bye Baby
Kiss it Bye Bye Baby
Kiss it Bye Bye Baby
Kiss it Bye Bye Baby
Kiss it Bye Bye Baby
Kiss it Bye Bye Baby
Kiss it Bye Bye Baby
Kiss it Bye Bye Baby
Kiss it Bye Bye Baby
Kiss it Bye Bye Baby
Kiss it Bye Bye Baby
Kiss it Bye Bye Baby
Kiss it Bye Bye Baby
Kiss it Bye Bye Baby

Kiss it Bye Bye Baby
Kiss it Bye Bye Baby
Kiss it Bye Bye Baby
Kiss it Bye Bye Baby
Kiss it Bye Bye Baby
Kiss it Bye Bye Baby
Kiss it Bye Bye Baby
Kiss it Bye Bye Baby
Kiss it Bye Bye Baby
Kiss it Bye Bye Baby
Kiss it Bye Bye Baby
Kiss it Bye Bye Baby
Kiss it Bye Bye Baby
Kiss it Bye Bye Baby
Kiss it Bye Bye Baby
Kiss it Bye Bye Baby
Kiss it Bye Bye Baby
Kiss it Bye Bye Baby
Kiss it Bye Bye Baby

Kiss it Bye Bye Baby
Kiss it Bye Bye Baby
Kiss it Bye Bye Baby
Kiss it Bye Bye Baby
Kiss it Bye Bye Baby
Kiss it Bye Bye Baby
Kiss it Bye Bye Baby
Kiss it Bye Bye Baby
Kiss it Bye Bye Baby
Kiss it Bye Bye Baby
Kiss it Bye Bye Baby
Kiss it Bye Bye Baby
Kiss it Bye Bye Baby
Kiss it Bye Bye Baby

Kiss it Bye Bye Baby
Kiss it Bye Bye Baby
Kiss it Bye Bye Baby
Kiss it Bye Bye Baby
Kiss it Bye Bye Baby
Kiss it Bye Bye Baby
Kiss it Bye Bye Baby
Kiss it Bye Bye Baby
Kiss it Bye Bye Baby
Kiss it Bye Bye Baby
Kiss it Bye Bye Baby
Kiss it Bye Bye Baby
Kiss it Bye Bye Baby
Kiss it Bye Bye Baby
Kiss it Bye Bye Baby
Kiss it Bye Bye Baby
Kiss it Bye Bye Baby
Kiss it Bye Bye Baby
Kiss it Bye Bye Baby
Kiss it Bye Bye Baby
Kiss it Bye Bye Baby
Kiss it Bye Bye Baby

Kiss it Bye Bye Baby
Kiss it Bye Bye Baby
Kiss it Bye Bye Baby
Kiss it Bye Bye Baby
Kiss it Bye Bye Baby
Kiss it Bye Bye Baby
Kiss it Bye Bye Baby
Kiss it Bye Bye Baby
Kiss it Bye Bye Baby
Kiss it Bye Bye Baby
Kiss it Bye Bye Baby
Kiss it Bye Bye Baby

Kiss it Bye Bye Baby
Kiss it Bye Bye Baby
Kiss it Bye Bye Baby
Kiss it Bye Bye Baby
Kiss it Bye Bye Baby
Kiss it Bye Bye Baby
Kiss it Bye Bye Baby
Kiss it Bye Bye Baby
Kiss it Bye Bye Baby
Kiss it Bye Bye Baby
Kiss it Bye Bye Baby
Kiss it Bye Bye Baby
Kiss it Bye Bye Baby
Kiss it Bye Bye Baby
Kiss it Bye Bye Baby
Kiss it Bye Bye Baby
Kiss it Bye Bye Baby
Kiss it Bye Bye Baby
Kiss it Bye Bye Baby
Kiss it Bye Bye Baby
Kiss it Bye Bye Baby
Kiss it Bye Bye Baby
Kiss it Bye Bye Baby
Kiss it Bye Bye Baby

Kiss it Bye Bye Baby
Kiss it Bye Bye Baby
Kiss it Bye Bye Baby
Kiss it Bye Bye Baby
Kiss it Bye Bye Baby
Kiss it Bye Bye Baby
Kiss it Bye Bye Baby
Kiss it Bye Bye Baby
Kiss it Bye Bye Baby
Kiss it Bye Bye Baby

Kiss it Bye Bye Baby
Kiss it Bye Bye Baby
Kiss it Bye Bye Baby
Kiss it Bye Bye Baby
Kiss it Bye Bye Baby
Kiss it Bye Bye Baby
Kiss it Bye Bye Baby
Kiss it Bye Bye Baby
Kiss it Bye Bye Baby
Kiss it Bye Bye Baby
Kiss it Bye Bye Baby
Kiss it Bye Bye Baby
Kiss it Bye Bye Baby
Kiss it Bye Bye Baby
Kiss it Bye Bye Baby
Kiss it Bye Bye Baby
Kiss it Bye Bye Baby
Kiss it Bye Bye Baby
Kiss it Bye Bye Baby
Kiss it Bye Bye Baby
Kiss it Bye Bye Baby
Kiss it Bye Bye Baby
Kiss it Bye Bye Baby
Kiss it Bye Bye Baby
Kiss it Bye Bye Baby

Kiss it Bye Bye Baby
Kiss it Bye Bye Baby
Kiss it Bye Bye Baby
Kiss it Bye Bye Baby
Kiss it Bye Bye Baby
Kiss it Bye Bye Baby
Kiss it Bye Bye Baby
Kiss it Bye Bye Baby

Kiss it Bye Bye Baby
Kiss it Bye Bye Baby
Kiss it Bye Bye Baby
Kiss it Bye Bye Baby
Kiss it Bye Bye Baby
Kiss it Bye Bye Baby
Kiss it Bye Bye Baby
Kiss it Bye Bye Baby
Kiss it Bye Bye Baby
Kiss it Bye Bye Baby
Kiss it Bye Bye Baby
Kiss it Bye Bye Baby
Kiss it Bye Bye Baby
Kiss it Bye Bye Baby
Kiss it Bye Bye Baby
Kiss it Bye Bye Baby
Kiss it Bye Bye Baby
Kiss it Bye Bye Baby
Kiss it Bye Bye Baby
Kiss it Bye Bye Baby
Kiss it Bye Bye Baby
Kiss it Bye Bye Baby
Kiss it Bye Bye Baby
Kiss it Bye Bye Baby
Kiss it Bye Bye Baby
Kiss it Bye Bye Baby
Kiss it Bye Bye Baby
Kiss it Bye Bye Baby
Kiss it Bye Bye Baby

Kiss it Bye Bye Baby
Kiss it Bye Bye Baby
Kiss it Bye Bye Baby
Kiss it Bye Bye Baby
Kiss it Bye Bye Baby
Kiss it Bye Bye Baby

Kiss it Bye Bye Baby
Kiss it Bye Bye Baby
Kiss it Bye Bye Baby
Kiss it Bye Bye Baby
Kiss it Bye Bye Baby
Kiss it Bye Bye Baby
Kiss it Bye Bye Baby
Kiss it Bye Bye Baby
Kiss it Bye Bye Baby
Kiss it Bye Bye Baby
Kiss it Bye Bye Baby
Kiss it Bye Bye Baby
Kiss it Bye Bye Baby
Kiss it Bye Bye Baby
Kiss it Bye Bye Baby
Kiss it Bye Bye Baby
Kiss it Bye Bye Baby
Kiss it Bye Bye Baby
Kiss it Bye Bye Baby
Kiss it Bye Bye Baby
Kiss it Bye Bye Baby
Kiss it Bye Bye Baby
Kiss it Bye Bye Baby
Kiss it Bye Bye Baby
Kiss it Bye Bye Baby
Kiss it Bye Bye Baby
Kiss it Bye Bye Baby

Kiss it Bye Bye Baby
Kiss it Bye Bye Baby
Kiss it Bye Bye Baby
Kiss it Bye Bye Baby

Kiss it Bye Bye Baby
Kiss it Bye Bye Baby
Kiss it Bye Bye Baby
Kiss it Bye Bye Baby
Kiss it Bye Bye Baby
Kiss it Bye Bye Baby
Kiss it Bye Bye Baby
Kiss it Bye Bye Baby
Kiss it Bye Bye Baby
Kiss it Bye Bye Baby
Kiss it Bye Bye Baby
Kiss it Bye Bye Baby
Kiss it Bye Bye Baby
Kiss it Bye Bye Baby
Kiss it Bye Bye Baby
Kiss it Bye Bye Baby
Kiss it Bye Bye Baby
Kiss it Bye Bye Baby
Kiss it Bye Bye Baby
Kiss it Bye Bye Baby
Kiss it Bye Bye Baby
Kiss it Bye Bye Baby
Kiss it Bye Bye Baby
Kiss it Bye Bye Baby
Kiss it Bye Bye Baby
Kiss it Bye Bye Baby
Kiss it Bye Bye Baby
Kiss it Bye Bye Baby
Kiss it Bye Bye Baby
Kiss it Bye Bye Baby
Kiss it Bye Bye Baby
Kiss it Bye Bye Baby
Kiss it Bye Bye Baby
Kiss it Bye Bye Baby

Kiss it Bye Bye Baby
Kiss it Bye Bye Baby

Kiss it Bye Bye Baby
Kiss it Bye Bye Baby
Kiss it Bye Bye Baby
Kiss it Bye Bye Baby
Kiss it Bye Bye Baby
Kiss it Bye Bye Baby
Kiss it Bye Bye Baby
Kiss it Bye Bye Baby
Kiss it Bye Bye Baby
Kiss it Bye Bye Baby
Kiss it Bye Bye Baby
Kiss it Bye Bye Baby
Kiss it Bye Bye Baby
Kiss it Bye Bye Baby
Kiss it Bye Bye Baby
Kiss it Bye Bye Baby
Kiss it Bye Bye Baby
Kiss it Bye Bye Baby
Kiss it Bye Bye Baby
Kiss it Bye Bye Baby
Kiss it Bye Bye Baby
Kiss it Bye Bye Baby
Kiss it Bye Bye Baby
Kiss it Bye Bye Baby
Kiss it Bye Bye Baby
Kiss it Bye Bye Baby
Kiss it Bye Bye Baby
Kiss it Bye Bye Baby
Kiss it Bye Bye Baby
Kiss it Bye Bye Baby
Kiss it Bye Bye Baby
Kiss it Bye Bye Baby
Kiss it Bye Bye Baby
Kiss it Bye Bye Baby
Kiss it Bye Bye Baby
Kiss it Bye Bye Baby
Kiss it Bye Bye Baby
Kiss it Bye Bye Baby

Kiss it Bye Bye Baby
Kiss it Bye Bye Baby
Kiss it Bye Bye Baby
Kiss it Bye Bye Baby
Kiss it Bye Bye Baby
Kiss it Bye Bye Baby
Kiss it Bye Bye Baby
Kiss it Bye Bye Baby
Kiss it Bye Bye Baby
Kiss it Bye Bye Baby
Kiss it Bye Bye Baby
Kiss it Bye Bye Baby
Kiss it Bye Bye Baby
Kiss it Bye Bye Baby
Kiss it Bye Bye Baby
Kiss it Bye Bye Baby
Kiss it Bye Bye Baby
Kiss it Bye Bye Baby
Kiss it Bye Bye Baby
Kiss it Bye Bye Baby
Kiss it Bye Bye Baby
Kiss it Bye Bye Baby
Kiss it Bye Bye Baby
Kiss it Bye Bye Baby
Kiss it Bye Bye Baby
Kiss it Bye Bye Baby
Kiss it Bye Bye Baby
Kiss it Bye Bye Baby
Kiss it Bye Bye Baby
Kiss it Bye Bye Baby
Kiss it Bye Bye Baby
Kiss it Bye Bye Baby
Kiss it Bye Bye Baby
Kiss it Bye Bye Baby

Kiss it Bye Bye Baby

Kiss it Bye Bye Baby
Kiss it Bye Bye Baby
Kiss it Bye Bye Baby
Kiss it Bye Bye Baby
Kiss it Bye Bye Baby
Kiss it Bye Bye Baby
Kiss it Bye Bye Baby
Kiss it Bye Bye Baby
Kiss it Bye Bye Baby
Kiss it Bye Bye Baby
Kiss it Bye Bye Baby
Kiss it Bye Bye Baby
Kiss it Bye Bye Baby
Kiss it Bye Bye Baby
Kiss it Bye Bye Baby
Kiss it Bye Bye Baby
Kiss it Bye Bye Baby
Kiss it Bye Bye Baby
Kiss it Bye Bye Baby
Kiss it Bye Bye Baby
Kiss it Bye Bye Baby
Kiss it Bye Bye Baby
Kiss it Bye Bye Baby
Kiss it Bye Bye Baby
Kiss it Bye Bye Baby
Kiss it Bye Bye Baby
Kiss it Bye Bye Baby
Kiss it Bye Bye Baby
Kiss it Bye Bye Baby
Kiss it Bye Bye Baby
Kiss it Bye Bye Baby
Kiss it Bye Bye Baby
Kiss it Bye Bye Baby
Kiss it Bye Bye Baby
Kiss it Bye Bye Baby

Kiss it Bye Bye Baby
Kiss it Bye Bye Baby
Kiss it Bye Bye Baby

Kiss it Bye Bye Baby
Kiss it Bye Bye Baby
Kiss it Bye Bye Baby
Kiss it Bye Bye Baby
Kiss it Bye Bye Baby
Kiss it Bye Bye Baby
Kiss it Bye Bye Baby
Kiss it Bye Bye Baby
Kiss it Bye Bye Baby
Kiss it Bye Bye Baby
Kiss it Bye Bye Baby
Kiss it Bye Bye Baby
Kiss it Bye Bye Baby
Kiss it Bye Bye Baby
Kiss it Bye Bye Baby
Kiss it Bye Bye Baby
Kiss it Bye Bye Baby
Kiss it Bye Bye Baby
Kiss it Bye Bye Baby
Kiss it Bye Bye Baby
Kiss it Bye Bye Baby
Kiss it Bye Bye Baby
Kiss it Bye Bye Baby
Kiss it Bye Bye Baby
Kiss it Bye Bye Baby
Kiss it Bye Bye Baby
Kiss it Bye Bye Baby
Kiss it Bye Bye Baby
Kiss it Bye Bye Baby
Kiss it Bye Bye Baby
Kiss it Bye Bye Baby
Kiss it Bye Bye Baby
Kiss it Bye Bye Baby
Kiss it Bye Bye Baby

Kiss it Bye Bye Baby
Kiss it Bye Bye Baby
Kiss it Bye Bye Baby
Kiss it Bye Bye Baby
Kiss it Bye Bye Baby

Kiss it Bye Bye Baby
Kiss it Bye Bye Baby
Kiss it Bye Bye Baby
Kiss it Bye Bye Baby
Kiss it Bye Bye Baby
Kiss it Bye Bye Baby
Kiss it Bye Bye Baby
Kiss it Bye Bye Baby
Kiss it Bye Bye Baby
Kiss it Bye Bye Baby
Kiss it Bye Bye Baby
Kiss it Bye Bye Baby
Kiss it Bye Bye Baby
Kiss it Bye Bye Baby
Kiss it Bye Bye Baby
Kiss it Bye Bye Baby
Kiss it Bye Bye Baby
Kiss it Bye Bye Baby
Kiss it Bye Bye Baby
Kiss it Bye Bye Baby
Kiss it Bye Bye Baby
Kiss it Bye Bye Baby
Kiss it Bye Bye Baby
Kiss it Bye Bye Baby
Kiss it Bye Bye Baby
Kiss it Bye Bye Baby
Kiss it Bye Bye Baby
Kiss it Bye Bye Baby
Kiss it Bye Bye Baby
Kiss it Bye Bye Baby
Kiss it Bye Bye Baby

Kiss it Bye Bye Baby
Kiss it Bye Bye Baby
Kiss it Bye Bye Baby
Kiss it Bye Bye Baby
Kiss it Bye Bye Baby
Kiss it Bye Bye Baby
Kiss it Bye Bye Baby

Kiss it Bye Bye Baby
Kiss it Bye Bye Baby
Kiss it Bye Bye Baby
Kiss it Bye Bye Baby
Kiss it Bye Bye Baby
Kiss it Bye Bye Baby
Kiss it Bye Bye Baby
Kiss it Bye Bye Baby
Kiss it Bye Bye Baby
Kiss it Bye Bye Baby
Kiss it Bye Bye Baby
Kiss it Bye Bye Baby
Kiss it Bye Bye Baby
Kiss it Bye Bye Baby
Kiss it Bye Bye Baby
Kiss it Bye Bye Baby
Kiss it Bye Bye Baby
Kiss it Bye Bye Baby
Kiss it Bye Bye Baby
Kiss it Bye Bye Baby
Kiss it Bye Bye Baby
Kiss it Bye Bye Baby
Kiss it Bye Bye Baby
Kiss it Bye Bye Baby
Kiss it Bye Bye Baby
Kiss it Bye Bye Baby
Kiss it Bye Bye Baby
Kiss it Bye Bye Baby
Kiss it Bye Bye Baby
Kiss it Bye Bye Baby
Kiss it Bye Bye Baby
Kiss it Bye Bye Baby

Kiss it Bye Bye Baby
Kiss it Bye Bye Baby
Kiss it Bye Bye Baby
Kiss it Bye Bye Baby
Kiss it Bye Bye Baby
Kiss it Bye Bye Baby
Kiss it Bye Bye Baby
Kiss it Bye Bye Baby
Kiss it Bye Bye Baby
Kiss it Bye Bye Baby

Kiss it Bye Bye Baby
Kiss it Bye Bye Baby
Kiss it Bye Bye Baby
Kiss it Bye Bye Baby
Kiss it Bye Bye Baby
Kiss it Bye Bye Baby
Kiss it Bye Bye Baby
Kiss it Bye Bye Baby
Kiss it Bye Bye Baby
Kiss it Bye Bye Baby
Kiss it Bye Bye Baby
Kiss it Bye Bye Baby
Kiss it Bye Bye Baby
Kiss it Bye Bye Baby
Kiss it Bye Bye Baby
Kiss it Bye Bye Baby
Kiss it Bye Bye Baby
Kiss it Bye Bye Baby
Kiss it Bye Bye Baby
Kiss it Bye Bye Baby
Kiss it Bye Bye Baby
Kiss it Bye Bye Baby
Kiss it Bye Bye Baby
Kiss it Bye Bye Baby
Kiss it Bye Bye Baby
Kiss it Bye Bye Baby
Kiss it Bye Bye Baby

Kiss it Bye Bye Baby
Kiss it Bye Bye Baby
Kiss it Bye Bye Baby
Kiss it Bye Bye Baby
Kiss it Bye Bye Baby
Kiss it Bye Bye Baby
Kiss it Bye Bye Baby
Kiss it Bye Bye Baby
Kiss it Bye Bye Baby
Kiss it Bye Bye Baby
Kiss it Bye Bye Baby

Kiss it Bye Bye Baby
Kiss it Bye Bye Baby
Kiss it Bye Bye Baby
Kiss it Bye Bye Baby
Kiss it Bye Bye Baby
Kiss it Bye Bye Baby
Kiss it Bye Bye Baby
Kiss it Bye Bye Baby
Kiss it Bye Bye Baby
Kiss it Bye Bye Baby
Kiss it Bye Bye Baby
Kiss it Bye Bye Baby
Kiss it Bye Bye Baby
Kiss it Bye Bye Baby
Kiss it Bye Bye Baby
Kiss it Bye Bye Baby
Kiss it Bye Bye Baby
Kiss it Bye Bye Baby
Kiss it Bye Bye Baby
Kiss it Bye Bye Baby
Kiss it Bye Bye Baby
Kiss it Bye Bye Baby
Kiss it Bye Bye Baby
Kiss it Bye Bye Baby

Kiss it Bye Bye Baby
Kiss it Bye Bye Baby
Kiss it Bye Bye Baby
Kiss it Bye Bye Baby
Kiss it Bye Bye Baby
Kiss it Bye Bye Baby
Kiss it Bye Bye Baby
Kiss it Bye Bye Baby
Kiss it Bye Bye Baby
Kiss it Bye Bye Baby
Kiss it Bye Bye Baby
Kiss it Bye Bye Baby
Kiss it Bye Bye Baby

Kiss it Bye Bye Baby
Kiss it Bye Bye Baby
Kiss it Bye Bye Baby
Kiss it Bye Bye Baby
Kiss it Bye Bye Baby
Kiss it Bye Bye Baby
Kiss it Bye Bye Baby
Kiss it Bye Bye Baby
Kiss it Bye Bye Baby
Kiss it Bye Bye Baby
Kiss it Bye Bye Baby
Kiss it Bye Bye Baby
Kiss it Bye Bye Baby
Kiss it Bye Bye Baby
Kiss it Bye Bye Baby
Kiss it Bye Bye Baby
Kiss it Bye Bye Baby
Kiss it Bye Bye Baby
Kiss it Bye Bye Baby
Kiss it Bye Bye Baby
Kiss it Bye Bye Baby
Kiss it Bye Bye Baby

Kiss it Bye Bye Baby
Kiss it Bye Bye Baby
Kiss it Bye Bye Baby
Kiss it Bye Bye Baby
Kiss it Bye Bye Baby
Kiss it Bye Bye Baby
Kiss it Bye Bye Baby
Kiss it Bye Bye Baby
Kiss it Bye Bye Baby
Kiss it Bye Bye Baby
Kiss it Bye Bye Baby
Kiss it Bye Bye Baby
Kiss it Bye Bye Baby
Kiss it Bye Bye Baby
Kiss it Bye Bye Baby
Kiss it Bye Bye Baby

Kiss it Bye Bye Baby
Kiss it Bye Bye Baby
Kiss it Bye Bye Baby
Kiss it Bye Bye Baby
Kiss it Bye Bye Baby
Kiss it Bye Bye Baby
Kiss it Bye Bye Baby
Kiss it Bye Bye Baby
Kiss it Bye Bye Baby
Kiss it Bye Bye Baby
Kiss it Bye Bye Baby
Kiss it Bye Bye Baby
Kiss it Bye Bye Baby
Kiss it Bye Bye Baby
Kiss it Bye Bye Baby
Kiss it Bye Bye Baby
Kiss it Bye Bye Baby
Kiss it Bye Bye Baby
Kiss it Bye Bye Baby
Kiss it Bye Bye Baby

Kiss it Bye Bye Baby
Kiss it Bye Bye Baby
Kiss it Bye Bye Baby
Kiss it Bye Bye Baby
Kiss it Bye Bye Baby
Kiss it Bye Bye Baby
Kiss it Bye Bye Baby
Kiss it Bye Bye Baby
Kiss it Bye Bye Baby
Kiss it Bye Bye Baby
Kiss it Bye Bye Baby
Kiss it Bye Bye Baby
Kiss it Bye Bye Baby
Kiss it Bye Bye Baby
Kiss it Bye Bye Baby
Kiss it Bye Bye Baby
Kiss it Bye Bye Baby

Kiss it Bye Bye Baby
Kiss it Bye Bye Baby
Kiss it Bye Bye Baby
Kiss it Bye Bye Baby
Kiss it Bye Bye Baby
Kiss it Bye Bye Baby
Kiss it Bye Bye Baby
Kiss it Bye Bye Baby
Kiss it Bye Bye Baby
Kiss it Bye Bye Baby
Kiss it Bye Bye Baby
Kiss it Bye Bye Baby
Kiss it Bye Bye Baby
Kiss it Bye Bye Baby
Kiss it Bye Bye Baby
Kiss it Bye Bye Baby
Kiss it Bye Bye Baby
Kiss it Bye Bye Baby

Kiss it Bye Bye Baby
Kiss it Bye Bye Baby
Kiss it Bye Bye Baby
Kiss it Bye Bye Baby
Kiss it Bye Bye Baby
Kiss it Bye Bye Baby
Kiss it Bye Bye Baby
Kiss it Bye Bye Baby
Kiss it Bye Bye Baby
Kiss it Bye Bye Baby
Kiss it Bye Bye Baby
Kiss it Bye Bye Baby
Kiss it Bye Bye Baby
Kiss it Bye Bye Baby
Kiss it Bye Bye Baby
Kiss it Bye Bye Baby
Kiss it Bye Bye Baby
Kiss it Bye Bye Baby
Kiss it Bye Bye Baby

Kiss it Bye Bye Baby
Kiss it Bye Bye Baby
Kiss it Bye Bye Baby
Kiss it Bye Bye Baby
Kiss it Bye Bye Baby
Kiss it Bye Bye Baby
Kiss it Bye Bye Baby
Kiss it Bye Bye Baby
Kiss it Bye Bye Baby
Kiss it Bye Bye Baby
Kiss it Bye Bye Baby
Kiss it Bye Bye Baby
Kiss it Bye Bye Baby
Kiss it Bye Bye Baby
Kiss it Bye Bye Baby
Kiss it Bye Bye Baby

Kiss it Bye Bye Baby
Kiss it Bye Bye Baby
Kiss it Bye Bye Baby
Kiss it Bye Bye Baby
Kiss it Bye Bye Baby
Kiss it Bye Bye Baby
Kiss it Bye Bye Baby
Kiss it Bye Bye Baby
Kiss it Bye Bye Baby
Kiss it Bye Bye Baby
Kiss it Bye Bye Baby
Kiss it Bye Bye Baby
Kiss it Bye Bye Baby
Kiss it Bye Bye Baby
Kiss it Bye Bye Baby
Kiss it Bye Bye Baby
Kiss it Bye Bye Baby
Kiss it Bye Bye Baby
Kiss it Bye Bye Baby

Kiss it Bye Bye Baby
Kiss it Bye Bye Baby
Kiss it Bye Bye Baby
Kiss it Bye Bye Baby
Kiss it Bye Bye Baby
Kiss it Bye Bye Baby
Kiss it Bye Bye Baby
Kiss it Bye Bye Baby
Kiss it Bye Bye Baby
Kiss it Bye Bye Baby
Kiss it Bye Bye Baby
Kiss it Bye Bye Baby
Kiss it Bye Bye Baby
Kiss it Bye Bye Baby

Kiss it Bye Bye Baby
Kiss it Bye Bye Baby
Kiss it Bye Bye Baby
Kiss it Bye Bye Baby
Kiss it Bye Bye Baby
Kiss it Bye Bye Baby
Kiss it Bye Bye Baby
Kiss it Bye Bye Baby
Kiss it Bye Bye Baby
Kiss it Bye Bye Baby
Kiss it Bye Bye Baby
Kiss it Bye Bye Baby
Kiss it Bye Bye Baby
Kiss it Bye Bye Baby
Kiss it Bye Bye Baby
Kiss it Bye Bye Baby
Kiss it Bye Bye Baby
Kiss it Bye Bye Baby
Kiss it Bye Bye Baby
Kiss it Bye Bye Baby
Kiss it Bye Bye Baby
Kiss it Bye Bye Baby

Kiss it Bye Bye Baby
Kiss it Bye Bye Baby
Kiss it Bye Bye Baby
Kiss it Bye Bye Baby
Kiss it Bye Bye Baby
Kiss it Bye Bye Baby
Kiss it Bye Bye Baby
Kiss it Bye Bye Baby
Kiss it Bye Bye Baby
Kiss it Bye Bye Baby
Kiss it Bye Bye Baby
Kiss it Bye Bye Baby

Kiss it Bye Bye Baby
Kiss it Bye Bye Baby
Kiss it Bye Bye Baby
Kiss it Bye Bye Baby
Kiss it Bye Bye Baby
Kiss it Bye Bye Baby
Kiss it Bye Bye Baby
Kiss it Bye Bye Baby
Kiss it Bye Bye Baby
Kiss it Bye Bye Baby
Kiss it Bye Bye Baby
Kiss it Bye Bye Baby
Kiss it Bye Bye Baby
Kiss it Bye Bye Baby
Kiss it Bye Bye Baby
Kiss it Bye Bye Baby
Kiss it Bye Bye Baby
Kiss it Bye Bye Baby
Kiss it Bye Bye Baby
Kiss it Bye Bye Baby
Kiss it Bye Bye Baby
Kiss it Bye Bye Baby
Kiss it Bye Bye Baby
Kiss it Bye Bye Baby
Kiss it Bye Bye Baby
Kiss it Bye Bye Baby

Kiss it Bye Bye Baby
Kiss it Bye Bye Baby
Kiss it Bye Bye Baby
Kiss it Bye Bye Baby
Kiss it Bye Bye Baby
Kiss it Bye Bye Baby
Kiss it Bye Bye Baby
Kiss it Bye Bye Baby
Kiss it Bye Bye Baby
Kiss it Bye Bye Baby

Kiss it Bye Bye Baby
Kiss it Bye Bye Baby
Kiss it Bye Bye Baby
Kiss it Bye Bye Baby
Kiss it Bye Bye Baby
Kiss it Bye Bye Baby
Kiss it Bye Bye Baby
Kiss it Bye Bye Baby
Kiss it Bye Bye Baby
Kiss it Bye Bye Baby
Kiss it Bye Bye Baby
Kiss it Bye Bye Baby
Kiss it Bye Bye Baby
Kiss it Bye Bye Baby
Kiss it Bye Bye Baby
Kiss it Bye Bye Baby
Kiss it Bye Bye Baby
Kiss it Bye Bye Baby
Kiss it Bye Bye Baby
Kiss it Bye Bye Baby
Kiss it Bye Bye Baby
Kiss it Bye Bye Baby
Kiss it Bye Bye Baby
Kiss it Bye Bye Baby
Kiss it Bye Bye Baby

Kiss it Bye Bye Baby
Kiss it Bye Bye Baby
Kiss it Bye Bye Baby
Kiss it Bye Bye Baby
Kiss it Bye Bye Baby
Kiss it Bye Bye Baby
Kiss it Bye Bye Baby
Kiss it Bye Bye Baby

Kiss it Bye Bye Baby
Kiss it Bye Bye Baby
Kiss it Bye Bye Baby
Kiss it Bye Bye Baby
Kiss it Bye Bye Baby
Kiss it Bye Bye Baby
Kiss it Bye Bye Baby
Kiss it Bye Bye Baby
Kiss it Bye Bye Baby
Kiss it Bye Bye Baby
Kiss it Bye Bye Baby
Kiss it Bye Bye Baby
Kiss it Bye Bye Baby
Kiss it Bye Bye Baby
Kiss it Bye Bye Baby
Kiss it Bye Bye Baby
Kiss it Bye Bye Baby
Kiss it Bye Bye Baby
Kiss it Bye Bye Baby
Kiss it Bye Bye Baby
Kiss it Bye Bye Baby
Kiss it Bye Bye Baby
Kiss it Bye Bye Baby
Kiss it Bye Bye Baby
Kiss it Bye Bye Baby

Kiss it Bye Bye Baby
Kiss it Bye Bye Baby
Kiss it Bye Bye Baby
Kiss it Bye Bye Baby
Kiss it Bye Bye Baby
Kiss it Bye Bye Baby

Kiss it Bye Bye Baby
Kiss it Bye Bye Baby
Kiss it Bye Bye Baby
Kiss it Bye Bye Baby
Kiss it Bye Bye Baby
Kiss it Bye Bye Baby
Kiss it Bye Bye Baby
Kiss it Bye Bye Baby
Kiss it Bye Bye Baby
Kiss it Bye Bye Baby
Kiss it Bye Bye Baby
Kiss it Bye Bye Baby
Kiss it Bye Bye Baby
Kiss it Bye Bye Baby
Kiss it Bye Bye Baby
Kiss it Bye Bye Baby
Kiss it Bye Bye Baby
Kiss it Bye Bye Baby
Kiss it Bye Bye Baby
Kiss it Bye Bye Baby
Kiss it Bye Bye Baby
Kiss it Bye Bye Baby
Kiss it Bye Bye Baby
Kiss it Bye Bye Baby
Kiss it Bye Bye Baby
Kiss it Bye Bye Baby
Kiss it Bye Bye Baby
Kiss it Bye Bye Baby

Kiss it Bye Bye Baby
Kiss it Bye Bye Baby
Kiss it Bye Bye Baby
Kiss it Bye Bye Baby

Kiss it Bye Bye Baby
Kiss it Bye Bye Baby
Kiss it Bye Bye Baby
Kiss it Bye Bye Baby
Kiss it Bye Bye Baby
Kiss it Bye Bye Baby
Kiss it Bye Bye Baby
Kiss it Bye Bye Baby
Kiss it Bye Bye Baby
Kiss it Bye Bye Baby
Kiss it Bye Bye Baby
Kiss it Bye Bye Baby
Kiss it Bye Bye Baby
Kiss it Bye Bye Baby
Kiss it Bye Bye Baby
Kiss it Bye Bye Baby
Kiss it Bye Bye Baby
Kiss it Bye Bye Baby
Kiss it Bye Bye Baby
Kiss it Bye Bye Baby
Kiss it Bye Bye Baby
Kiss it Bye Bye Baby
Kiss it Bye Bye Baby
Kiss it Bye Bye Baby
Kiss it Bye Bye Baby
Kiss it Bye Bye Baby
Kiss it Bye Bye Baby
Kiss it Bye Bye Baby
Kiss it Bye Bye Baby
Kiss it Bye Bye Baby
Kiss it Bye Bye Baby
Kiss it Bye Bye Baby
Kiss it Bye Bye Baby

Kiss it Bye Bye Baby
Kiss it Bye Bye Baby

Kiss it Bye Bye Baby
Kiss it Bye Bye Baby
Kiss it Bye Bye Baby
Kiss it Bye Bye Baby
Kiss it Bye Bye Baby
Kiss it Bye Bye Baby
Kiss it Bye Bye Baby
Kiss it Bye Bye Baby
Kiss it Bye Bye Baby
Kiss it Bye Bye Baby
Kiss it Bye Bye Baby
Kiss it Bye Bye Baby
Kiss it Bye Bye Baby
Kiss it Bye Bye Baby
Kiss it Bye Bye Baby
Kiss it Bye Bye Baby
Kiss it Bye Bye Baby
Kiss it Bye Bye Baby
Kiss it Bye Bye Baby
Kiss it Bye Bye Baby
Kiss it Bye Bye Baby
Kiss it Bye Bye Baby
Kiss it Bye Bye Baby
Kiss it Bye Bye Baby
Kiss it Bye Bye Baby
Kiss it Bye Bye Baby
Kiss it Bye Bye Baby
Kiss it Bye Bye Baby
Kiss it Bye Bye Baby
Kiss it Bye Bye Baby
Kiss it Bye Bye Baby
Kiss it Bye Bye Baby
Kiss it Bye Bye Baby
Kiss it Bye Bye Baby
Kiss it Bye Bye Baby
Kiss it Bye Bye Baby

Kiss it Bye Bye Baby
Kiss it Bye Bye Baby
Kiss it Bye Bye Baby
Kiss it Bye Bye Baby
Kiss it Bye Bye Baby
Kiss it Bye Bye Baby
Kiss it Bye Bye Baby
Kiss it Bye Bye Baby
Kiss it Bye Bye Baby
Kiss it Bye Bye Baby
Kiss it Bye Bye Baby
Kiss it Bye Bye Baby
Kiss it Bye Bye Baby
Kiss it Bye Bye Baby
Kiss it Bye Bye Baby
Kiss it Bye Bye Baby
Kiss it Bye Bye Baby
Kiss it Bye Bye Baby
Kiss it Bye Bye Baby
Kiss it Bye Bye Baby
Kiss it Bye Bye Baby
Kiss it Bye Bye Baby
Kiss it Bye Bye Baby
Kiss it Bye Bye Baby
Kiss it Bye Bye Baby
Kiss it Bye Bye Baby
Kiss it Bye Bye Baby
Kiss it Bye Bye Baby
Kiss it Bye Bye Baby
Kiss it Bye Bye Baby
Kiss it Bye Bye Baby
Kiss it Bye Bye Baby
Kiss it Bye Bye Baby
Kiss it Bye Bye Baby
Kiss it Bye Bye Baby

Kiss it Bye Bye Baby

Kiss it Bye Bye Baby
Kiss it Bye Bye Baby
Kiss it Bye Bye Baby
Kiss it Bye Bye Baby
Kiss it Bye Bye Baby
Kiss it Bye Bye Baby
Kiss it Bye Bye Baby
Kiss it Bye Bye Baby
Kiss it Bye Bye Baby
Kiss it Bye Bye Baby
Kiss it Bye Bye Baby
Kiss it Bye Bye Baby
Kiss it Bye Bye Baby
Kiss it Bye Bye Baby
Kiss it Bye Bye Baby
Kiss it Bye Bye Baby
Kiss it Bye Bye Baby
Kiss it Bye Bye Baby
Kiss it Bye Bye Baby
Kiss it Bye Bye Baby
Kiss it Bye Bye Baby
Kiss it Bye Bye Baby
Kiss it Bye Bye Baby
Kiss it Bye Bye Baby
Kiss it Bye Bye Baby
Kiss it Bye Bye Baby
Kiss it Bye Bye Baby
Kiss it Bye Bye Baby
Kiss it Bye Bye Baby
Kiss it Bye Bye Baby
Kiss it Bye Bye Baby
Kiss it Bye Bye Baby
Kiss it Bye Bye Baby
Kiss it Bye Bye Baby
Kiss it Bye Bye Baby

Kiss it Bye Bye Baby
Kiss it Bye Bye Baby
Kiss it Bye Bye Baby

Kiss it Bye Bye Baby
Kiss it Bye Bye Baby
Kiss it Bye Bye Baby
Kiss it Bye Bye Baby
Kiss it Bye Bye Baby
Kiss it Bye Bye Baby
Kiss it Bye Bye Baby
Kiss it Bye Bye Baby
Kiss it Bye Bye Baby
Kiss it Bye Bye Baby
Kiss it Bye Bye Baby
Kiss it Bye Bye Baby
Kiss it Bye Bye Baby
Kiss it Bye Bye Baby
Kiss it Bye Bye Baby
Kiss it Bye Bye Baby
Kiss it Bye Bye Baby
Kiss it Bye Bye Baby
Kiss it Bye Bye Baby
Kiss it Bye Bye Baby
Kiss it Bye Bye Baby
Kiss it Bye Bye Baby
Kiss it Bye Bye Baby
Kiss it Bye Bye Baby
Kiss it Bye Bye Baby
Kiss it Bye Bye Baby
Kiss it Bye Bye Baby
Kiss it Bye Bye Baby
Kiss it Bye Bye Baby
Kiss it Bye Bye Baby
Kiss it Bye Bye Baby
Kiss it Bye Bye Baby
Kiss it Bye Bye Baby

Kiss it Bye Bye Baby
Kiss it Bye Bye Baby
Kiss it Bye Bye Baby
Kiss it Bye Bye Baby
Kiss it Bye Bye Baby

Kiss it Bye Bye Baby
Kiss it Bye Bye Baby
Kiss it Bye Bye Baby
Kiss it Bye Bye Baby
Kiss it Bye Bye Baby
Kiss it Bye Bye Baby
Kiss it Bye Bye Baby
Kiss it Bye Bye Baby
Kiss it Bye Bye Baby
Kiss it Bye Bye Baby
Kiss it Bye Bye Baby
Kiss it Bye Bye Baby
Kiss it Bye Bye Baby
Kiss it Bye Bye Baby
Kiss it Bye Bye Baby
Kiss it Bye Bye Baby
Kiss it Bye Bye Baby
Kiss it Bye Bye Baby
Kiss it Bye Bye Baby
Kiss it Bye Bye Baby
Kiss it Bye Bye Baby
Kiss it Bye Bye Baby
Kiss it Bye Bye Baby
Kiss it Bye Bye Baby
Kiss it Bye Bye Baby
Kiss it Bye Bye Baby
Kiss it Bye Bye Baby
Kiss it Bye Bye Baby
Kiss it Bye Bye Baby
Kiss it Bye Bye Baby

Kiss it Bye Bye Baby
Kiss it Bye Bye Baby
Kiss it Bye Bye Baby
Kiss it Bye Bye Baby
Kiss it Bye Bye Baby
Kiss it Bye Bye Baby
Kiss it Bye Bye Baby

Kiss it Bye Bye Baby
Kiss it Bye Bye Baby
Kiss it Bye Bye Baby
Kiss it Bye Bye Baby
Kiss it Bye Bye Baby
Kiss it Bye Bye Baby
Kiss it Bye Bye Baby
Kiss it Bye Bye Baby
Kiss it Bye Bye Baby
Kiss it Bye Bye Baby
Kiss it Bye Bye Baby
Kiss it Bye Bye Baby
Kiss it Bye Bye Baby
Kiss it Bye Bye Baby
Kiss it Bye Bye Baby
Kiss it Bye Bye Baby
Kiss it Bye Bye Baby
Kiss it Bye Bye Baby
Kiss it Bye Bye Baby
Kiss it Bye Bye Baby
Kiss it Bye Bye Baby
Kiss it Bye Bye Baby
Kiss it Bye Bye Baby
Kiss it Bye Bye Baby
Kiss it Bye Bye Baby
Kiss it Bye Bye Baby
Kiss it Bye Bye Baby

Kiss it Bye Bye Baby
Kiss it Bye Bye Baby
Kiss it Bye Bye Baby
Kiss it Bye Bye Baby
Kiss it Bye Bye Baby
Kiss it Bye Bye Baby
Kiss it Bye Bye Baby
Kiss it Bye Bye Baby
Kiss it Bye Bye Baby

Kiss it Bye Bye Baby
Kiss it Bye Bye Baby
Kiss it Bye Bye Baby
Kiss it Bye Bye Baby
Kiss it Bye Bye Baby
Kiss it Bye Bye Baby
Kiss it Bye Bye Baby
Kiss it Bye Bye Baby
Kiss it Bye Bye Baby
Kiss it Bye Bye Baby
Kiss it Bye Bye Baby
Kiss it Bye Bye Baby
Kiss it Bye Bye Baby
Kiss it Bye Bye Baby
Kiss it Bye Bye Baby
Kiss it Bye Bye Baby
Kiss it Bye Bye Baby
Kiss it Bye Bye Baby
Kiss it Bye Bye Baby
Kiss it Bye Bye Baby
Kiss it Bye Bye Baby
Kiss it Bye Bye Baby
Kiss it Bye Bye Baby
Kiss it Bye Bye Baby
Kiss it Bye Bye Baby
Kiss it Bye Bye Baby

Kiss it Bye Bye Baby
Kiss it Bye Bye Baby
Kiss it Bye Bye Baby
Kiss it Bye Bye Baby
Kiss it Bye Bye Baby
Kiss it Bye Bye Baby
Kiss it Bye Bye Baby
Kiss it Bye Bye Baby
Kiss it Bye Bye Baby
Kiss it Bye Bye Baby
Kiss it Bye Bye Baby

Kiss it Bye Bye Baby
Kiss it Bye Bye Baby
Kiss it Bye Bye Baby
Kiss it Bye Bye Baby
Kiss it Bye Bye Baby
Kiss it Bye Bye Baby
Kiss it Bye Bye Baby
Kiss it Bye Bye Baby
Kiss it Bye Bye Baby
Kiss it Bye Bye Baby
Kiss it Bye Bye Baby
Kiss it Bye Bye Baby
Kiss it Bye Bye Baby
Kiss it Bye Bye Baby
Kiss it Bye Bye Baby
Kiss it Bye Bye Baby
Kiss it Bye Bye Baby
Kiss it Bye Bye Baby
Kiss it Bye Bye Baby
Kiss it Bye Bye Baby
Kiss it Bye Bye Baby
Kiss it Bye Bye Baby
Kiss it Bye Bye Baby

Kiss it Bye Bye Baby
Kiss it Bye Bye Baby
Kiss it Bye Bye Baby
Kiss it Bye Bye Baby
Kiss it Bye Bye Baby
Kiss it Bye Bye Baby
Kiss it Bye Bye Baby
Kiss it Bye Bye Baby
Kiss it Bye Bye Baby
Kiss it Bye Bye Baby
Kiss it Bye Bye Baby
Kiss it Bye Bye Baby
Kiss it Bye Bye Baby

Kiss it Bye Bye Baby
Kiss it Bye Bye Baby
Kiss it Bye Bye Baby
Kiss it Bye Bye Baby
Kiss it Bye Bye Baby
Kiss it Bye Bye Baby
Kiss it Bye Bye Baby
Kiss it Bye Bye Baby
Kiss it Bye Bye Baby
Kiss it Bye Bye Baby
Kiss it Bye Bye Baby
Kiss it Bye Bye Baby
Kiss it Bye Bye Baby
Kiss it Bye Bye Baby
Kiss it Bye Bye Baby
Kiss it Bye Bye Baby
Kiss it Bye Bye Baby
Kiss it Bye Bye Baby
Kiss it Bye Bye Baby
Kiss it Bye Bye Baby
Kiss it Bye Bye Baby
Kiss it Bye Bye Baby

Kiss it Bye Bye Baby
Kiss it Bye Bye Baby
Kiss it Bye Bye Baby
Kiss it Bye Bye Baby
Kiss it Bye Bye Baby
Kiss it Bye Bye Baby
Kiss it Bye Bye Baby
Kiss it Bye Bye Baby
Kiss it Bye Bye Baby
Kiss it Bye Bye Baby
Kiss it Bye Bye Baby
Kiss it Bye Bye Baby
Kiss it Bye Bye Baby
Kiss it Bye Bye Baby
Kiss it Bye Bye Baby

Kiss it Bye Bye Baby
Kiss it Bye Bye Baby
Kiss it Bye Bye Baby
Kiss it Bye Bye Baby
Kiss it Bye Bye Baby
Kiss it Bye Bye Baby
Kiss it Bye Bye Baby
Kiss it Bye Bye Baby
Kiss it Bye Bye Baby
Kiss it Bye Bye Baby
Kiss it Bye Bye Baby
Kiss it Bye Bye Baby
Kiss it Bye Bye Baby
Kiss it Bye Bye Baby
Kiss it Bye Bye Baby
Kiss it Bye Bye Baby
Kiss it Bye Bye Baby
Kiss it Bye Bye Baby
Kiss it Bye Bye Baby
Kiss it Bye Bye Baby
Kiss it Bye Bye Baby

Kiss it Bye Bye Baby
Kiss it Bye Bye Baby
Kiss it Bye Bye Baby
Kiss it Bye Bye Baby
Kiss it Bye Bye Baby
Kiss it Bye Bye Baby
Kiss it Bye Bye Baby
Kiss it Bye Bye Baby
Kiss it Bye Bye Baby
Kiss it Bye Bye Baby
Kiss it Bye Bye Baby
Kiss it Bye Bye Baby
Kiss it Bye Bye Baby
Kiss it Bye Bye Baby
Kiss it Bye Bye Baby
Kiss it Bye Bye Baby
Kiss it Bye Bye Baby
Kiss it Bye Bye Baby

Kiss it Bye Bye Baby
Kiss it Bye Bye Baby
Kiss it Bye Bye Baby
Kiss it Bye Bye Baby
Kiss it Bye Bye Baby
Kiss it Bye Bye Baby
Kiss it Bye Bye Baby
Kiss it Bye Bye Baby
Kiss it Bye Bye Baby
Kiss it Bye Bye Baby
Kiss it Bye Bye Baby
Kiss it Bye Bye Baby
Kiss it Bye Bye Baby
Kiss it Bye Bye Baby
Kiss it Bye Bye Baby
Kiss it Bye Bye Baby
Kiss it Bye Bye Baby
Kiss it Bye Bye Baby

Kiss it Bye Bye Baby
Kiss it Bye Bye Baby
Kiss it Bye Bye Baby
Kiss it Bye Bye Baby
Kiss it Bye Bye Baby
Kiss it Bye Bye Baby
Kiss it Bye Bye Baby
Kiss it Bye Bye Baby
Kiss it Bye Bye Baby
Kiss it Bye Bye Baby
Kiss it Bye Bye Baby
Kiss it Bye Bye Baby
Kiss it Bye Bye Baby
Kiss it Bye Bye Baby
Kiss it Bye Bye Baby
Kiss it Bye Bye Baby
Kiss it Bye Bye Baby
Kiss it Bye Bye Baby
Kiss it Bye Bye Baby
Kiss it Bye Bye Baby

Kiss it Bye Bye Baby
Kiss it Bye Bye Baby
Kiss it Bye Bye Baby
Kiss it Bye Bye Baby
Kiss it Bye Bye Baby
Kiss it Bye Bye Baby
Kiss it Bye Bye Baby
Kiss it Bye Bye Baby
Kiss it Bye Bye Baby
Kiss it Bye Bye Baby
Kiss it Bye Bye Baby
Kiss it Bye Bye Baby
Kiss it Bye Bye Baby
Kiss it Bye Bye Baby
Kiss it Bye Bye Baby
Kiss it Bye Bye Baby

Kiss it Bye Bye Baby
Kiss it Bye Bye Baby
Kiss it Bye Bye Baby
Kiss it Bye Bye Baby
Kiss it Bye Bye Baby
Kiss it Bye Bye Baby
Kiss it Bye Bye Baby
Kiss it Bye Bye Baby
Kiss it Bye Bye Baby
Kiss it Bye Bye Baby
Kiss it Bye Bye Baby
Kiss it Bye Bye Baby
Kiss it Bye Bye Baby
Kiss it Bye Bye Baby
Kiss it Bye Bye Baby
Kiss it Bye Bye Baby
Kiss it Bye Bye Baby
Kiss it Bye Bye Baby
Kiss it Bye Bye Baby

Kiss it Bye Bye Baby
Kiss it Bye Bye Baby
Kiss it Bye Bye Baby
Kiss it Bye Bye Baby
Kiss it Bye Bye Baby
Kiss it Bye Bye Baby
Kiss it Bye Bye Baby
Kiss it Bye Bye Baby
Kiss it Bye Bye Baby
Kiss it Bye Bye Baby
Kiss it Bye Bye Baby
Kiss it Bye Bye Baby
Kiss it Bye Bye Baby
Kiss it Bye Bye Baby

Kiss it Bye Bye Baby
Kiss it Bye Bye Baby
Kiss it Bye Bye Baby
Kiss it Bye Bye Baby
Kiss it Bye Bye Baby
Kiss it Bye Bye Baby
Kiss it Bye Bye Baby
Kiss it Bye Bye Baby
Kiss it Bye Bye Baby
Kiss it Bye Bye Baby
Kiss it Bye Bye Baby
Kiss it Bye Bye Baby
Kiss it Bye Bye Baby
Kiss it Bye Bye Baby
Kiss it Bye Bye Baby
Kiss it Bye Bye Baby
Kiss it Bye Bye Baby
Kiss it Bye Bye Baby
Kiss it Bye Bye Baby
Kiss it Bye Bye Baby
Kiss it Bye Bye Baby
Kiss it Bye Bye Baby
Kiss it Bye Bye Baby

Kiss it Bye Bye Baby
Kiss it Bye Bye Baby
Kiss it Bye Bye Baby
Kiss it Bye Bye Baby
Kiss it Bye Bye Baby
Kiss it Bye Bye Baby
Kiss it Bye Bye Baby
Kiss it Bye Bye Baby
Kiss it Bye Bye Baby
Kiss it Bye Bye Baby
Kiss it Bye Bye Baby
Kiss it Bye Bye Baby

Kiss it Bye Bye Baby
Kiss it Bye Bye Baby
Kiss it Bye Bye Baby
Kiss it Bye Bye Baby
Kiss it Bye Bye Baby
Kiss it Bye Bye Baby
Kiss it Bye Bye Baby
Kiss it Bye Bye Baby
Kiss it Bye Bye Baby
Kiss it Bye Bye Baby
Kiss it Bye Bye Baby
Kiss it Bye Bye Baby
Kiss it Bye Bye Baby
Kiss it Bye Bye Baby
Kiss it Bye Bye Baby
Kiss it Bye Bye Baby
Kiss it Bye Bye Baby
Kiss it Bye Bye Baby
Kiss it Bye Bye Baby
Kiss it Bye Bye Baby
Kiss it Bye Bye Baby
Kiss it Bye Bye Baby
Kiss it Bye Bye Baby
Kiss it Bye Bye Baby
Kiss it Bye Bye Baby
Kiss it Bye Bye Baby
Kiss it Bye Bye Baby
Kiss it Bye Bye Baby

Kiss it Bye Bye Baby
Kiss it Bye Bye Baby
Kiss it Bye Bye Baby
Kiss it Bye Bye Baby
Kiss it Bye Bye Baby
Kiss it Bye Bye Baby
Kiss it Bye Bye Baby
Kiss it Bye Bye Baby
Kiss it Bye Bye Baby
Kiss it Bye Bye Baby

Kiss it Bye Bye Baby
Kiss it Bye Bye Baby
Kiss it Bye Bye Baby
Kiss it Bye Bye Baby
Kiss it Bye Bye Baby
Kiss it Bye Bye Baby
Kiss it Bye Bye Baby
Kiss it Bye Bye Baby
Kiss it Bye Bye Baby
Kiss it Bye Bye Baby
Kiss it Bye Bye Baby
Kiss it Bye Bye Baby
Kiss it Bye Bye Baby
Kiss it Bye Bye Baby
Kiss it Bye Bye Baby
Kiss it Bye Bye Baby
Kiss it Bye Bye Baby
Kiss it Bye Bye Baby
Kiss it Bye Bye Baby
Kiss it Bye Bye Baby
Kiss it Bye Bye Baby
Kiss it Bye Bye Baby
Kiss it Bye Bye Baby
Kiss it Bye Bye Baby
Kiss it Bye Bye Baby
Kiss it Bye Bye Baby
Kiss it Bye Bye Baby

Kiss it Bye Bye Baby
Kiss it Bye Bye Baby
Kiss it Bye Bye Baby
Kiss it Bye Bye Baby
Kiss it Bye Bye Baby
Kiss it Bye Bye Baby
Kiss it Bye Bye Baby
Kiss it Bye Bye Baby

Kiss it Bye Bye Baby
Kiss it Bye Bye Baby
Kiss it Bye Bye Baby
Kiss it Bye Bye Baby
Kiss it Bye Bye Baby
Kiss it Bye Bye Baby
Kiss it Bye Bye Baby
Kiss it Bye Bye Baby
Kiss it Bye Bye Baby
Kiss it Bye Bye Baby
Kiss it Bye Bye Baby
Kiss it Bye Bye Baby
Kiss it Bye Bye Baby
Kiss it Bye Bye Baby
Kiss it Bye Bye Baby
Kiss it Bye Bye Baby
Kiss it Bye Bye Baby
Kiss it Bye Bye Baby
Kiss it Bye Bye Baby
Kiss it Bye Bye Baby
Kiss it Bye Bye Baby
Kiss it Bye Bye Baby
Kiss it Bye Bye Baby
Kiss it Bye Bye Baby
Kiss it Bye Bye Baby
Kiss it Bye Bye Baby
Kiss it Bye Bye Baby
Kiss it Bye Bye Baby
Kiss it Bye Bye Baby
Kiss it Bye Bye Baby
Kiss it Bye Bye Baby
Kiss it Bye Bye Baby
Kiss it Bye Bye Baby
Kiss it Bye Bye Baby
Kiss it Bye Bye Baby
Kiss it Bye Bye Baby
Kiss it Bye Bye Baby
Kiss it Bye Bye Baby

Kiss it Bye Bye Baby
Kiss it Bye Bye Baby
Kiss it Bye Bye Baby
Kiss it Bye Bye Baby
Kiss it Bye Bye Baby
Kiss it Bye Bye Baby

Kiss it Bye Bye Baby
Kiss it Bye Bye Baby
Kiss it Bye Bye Baby
Kiss it Bye Bye Baby
Kiss it Bye Bye Baby
Kiss it Bye Bye Baby
Kiss it Bye Bye Baby
Kiss it Bye Bye Baby
Kiss it Bye Bye Baby
Kiss it Bye Bye Baby
Kiss it Bye Bye Baby
Kiss it Bye Bye Baby
Kiss it Bye Bye Baby
Kiss it Bye Bye Baby
Kiss it Bye Bye Baby
Kiss it Bye Bye Baby
Kiss it Bye Bye Baby
Kiss it Bye Bye Baby
Kiss it Bye Bye Baby
Kiss it Bye Bye Baby
Kiss it Bye Bye Baby
Kiss it Bye Bye Baby
Kiss it Bye Bye Baby
Kiss it Bye Bye Baby
Kiss it Bye Bye Baby
Kiss it Bye Bye Baby
Kiss it Bye Bye Baby
Kiss it Bye Bye Baby

Kiss it Bye Bye Baby
Kiss it Bye Bye Baby
Kiss it Bye Bye Baby